L'AN QUARANTE

DRAMATIQUE.

BLAGUE ORLÉANAISE

EN QUATRE CHANTS.

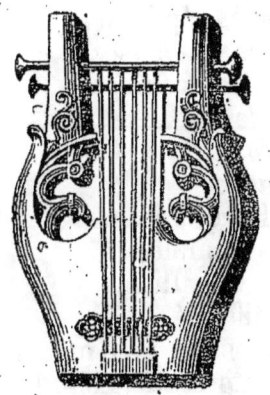

FÉVRIER.

—

1841.

L'AN 40 DRAMATIQUE,

BLAGUE EN QUATRE CHANTS.

PROLOGUE.

Industriel peu littéraire,
J'ai, depuis le premier de l'an,
Réglé mon petit inventaire :
Ça va, si j'en crois mon bilan.
— Ceci, ne vous regarde guère,
Mais c'est mon excuse pourtant,
Et je vous en souhaite autant :
Il faut bien que je vous explique
Comment, depuis deux mois passés,
J'ai laissé *passer* sans réplique
Le pathos que vous connaissez.
— Vous souvient-il de ce poëme,
Écrit en style *burlesco-*
Epico, fort peu *tragico*,
Mais *barbarissimatico?*
C'est là qu'un arbitre suprème
Un *dramaphile* consommé,
Lance son puissant anathème
Sur notre opéra diffamé ;
C'est là qu'on m'insulte moi-même,
C'est là qu'on m'a presque nommé...
— Rimer n'est pas trop ma marotte,
Car je suis un pauvre rhéteur ;
Mais les traits d'une plume sotte
Juvénalisent mon ardeur,
Et , libre aujourd'hui , je *tricotte*
Une réponse à mon auteur !

APOSTROPHE EN BOUTS RIMÉS

DESTINÉE A REMPLACER L'INVOCATION QUI APPARTIENT A LA VIEILLE ÉCOLE.

(Consulter M. XXXX.)

A toi qui ne sais pas comme on écrit *caduque*
Au *masculin*, rimeur qui n'as pas de *perruque*
   A ton chef *rococo*! —
Je viens traiter tes vers ainsi qu'on fait son *linge*
Sale ; et je te dirai ce qu'on dit à son *singe* :
   « Va te laver, *Jocko* !'

Grimaud, qui, pour rimer avec ta *noble dame*,
N'as rien trouvé de mieux, hélas! que *Notre-Dame*,
   La rouille est-elle au soc?
Efface cette ligne, écolier; sans *vergogne*!
Allons, morbleu, martel en main, *et que l'on cogne*
   Et de taille et d'estoc !

Lime ton style, écris en français la *tirade* ;
Mets un peu d'harmonie à blâmer *la roulade*;
   Et, sans autour du *pot*
Tourner, que ton cerveau se donne une *secousse*...
Romantiques, holà! *venez à la rescousse!*
   J'ai dit mon premier *mot !!*

Mais j'ai tort. Pour te faire avaler des couleuvres,
Il faut, ô grand QuatreX, m'inspirer de tes œuvres,
   De tes écrits divers;
Ils sont là : ton libraire au kilo sait les vendre;
Et je vais, si je puis, te lire, pour apprendre
   A mal faire des vers.

CHANT PREMIER.

L'un brandit dans sa main le poignard d Antony,
L'autre porte en sautoir le cor de Hernani.
(*Le grand Quatre X*)

C'était hier au soir, ou bien c'était la veille.
D'Alexandre Dumas la dernière merveille
Faisait vibrer l'écho du théâtre indigent ;
J'écoutais en silence, et dans mon âme triste,
Je plaignais le destin de ce pauvre *Alchimiste*,
    Qui chez nous n'a pas fait *d'argent.*

Grimaldo, l'oncle avare, et, disons-le, cocasse,
Était mort sous le poids d'un conte de Boccace ,
Si gaîment raconté par son neveu disert ;
Fazio modulait ses plaintes somnolentes ,
Et vers le beau milieu de ses phrases ronflantes,
    Je m'endormis dans le désert.

Dormir, c'est être heureux, n'est-ce pas ? on oublie !
Oh ! vous le savez bien, vous, rentiers que spolie
Le cinq pour cent d'hier ou celui de demain ;
Mais vous le savez mieux, vous tous, pauvres ou riches,
Qu'un benin numéro des *Petites-Affiches*
    A rencontrés sur son chemin !

Si, quêtant un lecteur, ce journal imbécile
S'est glissé quelquefois dans votre domicile,
Tout fier d'y rencontrer un abri clandestin,
Vous avez ressenti son pouvoir mirifique,

Et vous avez béni le *rimeur* narcotique
  Dont le nom *rime* avec crétin...

Oui, vous le savez bien! Mais revenons. En somme
Je dormais étendu dans ma loge, tout comme
Saint Laurent sur son gril; mais il faisait moins chaud;
Et ma pensée au loin voyageant dans l'espace,
Se mirait au soleil qui sur les mondes passe...
  Ma foi! comme un brûlant réchaud.

Belle comparaison, n'est-ce pas, mon critique?
Mais je viens d'épeler un morceau poétique
Où ta muse *au nadir* chanta Napoléon,
Et pour me niveler à *ton cran* littéraire,
Une fois en passant, j'ai voulu, mon confrère,
  Être sublime... à ta façon.

Tout-à-coup je vis, non de la céleste voute,
Mais de celle qui sert au gaz fumeux de route,
Descendre deux guenons, qu'un mot peut définir:
L'une, peu vieille encore, était déjà fanée;
L'autre, sa sœur cadette, était la jeune année,
  Vierge-mère de l'avenir.

Toutes deux contemplaient avec des yeux étranges
Le théâtre vide et — laid comme un ciel sans anges,
Où Dieu ne serait pas; puis un moment passé,
Dix-huit cent quarante-un, s'élançant sur les planches,
Interpelle sa sœur, et les poings sur les hanches,
  Dit d'un ton courroucé:

CHANT DEUXIÈME.

LES CANCANS DU THÉATRE,

COMÉDIE EN UN ACTE ET EN VILE PROSE.

SCÈNE UNIQUE *DANS SON GENRE.*

L'ANNÉE 1840, L'ANNÉE 1841.

1841, *après avoir compté les spectateurs.*
Trente-trois! — Est-ce là tout l'héritage que
vous me laissez, mon aînée?

1840. C'était mon public, et je vous le lègue,
ma cadette...

1841. Merci! il n'est pas *beau* votre *legs!*

1840. Hélas!.. j'ai eu tant de revers, dans mon
enfance, que vous devez vous estimer heureuse
d'avoir une succession à recueillir...

1841. Je n'accepte pourtant que sous bénéfice
d'inventaire.

1840. On m'a persécutée dès mes débuts...
telle que vous me voyez, j'ai eu quatre comiques
tués sous moi... et quels comiques, bon Dieu!
vous en jugerez par ceux qui me restent. —
Aussi, de guerre lasse, je me suis réfugiée dans
le drame...

1841. C'était bien triste.

1840. A qui le dites-vous? J'ai mis *Marie-
Tudor* debout; *Lucrèce Borgia* a empoisonné la
scène; *La Tour de Nesle* est tombée en ruines, et
le pauvre directeur a vainement cherché un

refuge dans *l'Abbaye de Castro* que *l'Ouvrier* venait d'abattre....

1841. Quelle horreur !

1840. C'était de la beauté noire... — J'avais cru plaire aux amateurs; mais mon théâtre restait vide... pour charmer mes ennuis, je fis un choix dans les vaudevilles contemporains... j'espérais qu'on userait de *Clémence* à mon égard; c'était jouer *quitte ou double.* — Hélas ! je n'amusai pas même nos jolies femmes avec le *Hochet d'une Coquette*; à peine si quatre jeunes Orléanaises consentirent à voir *Folbert et Polydore...*

1841. Quatre ! c'était bien peu !

1840. C'était beaucoup, au contraire!.. jusque-là, le maximum n'avait été que de trois... je leur présentai *Clémentine*, qui s'efforça inutilement de faire accorder droit de bourgeoisie à *Indiana* et *Charlemagne*, de la *Famille des Merluchons.*

1841. Tout ça n'était pas gai.

1840. Au contraire!.. alors je me mis à chercher autre chose... je feuilletai mes bouquins, et j'y trouvai un drame en vers... *l'Alchimiste*, qui devait me procurer la pierre philosophale...

1841. Et qui vous a été une pierre d'a-chopement?

1840, *montrant la salle vide, et déclamant :* c'est vous qui l'avez dit !

En ce moment cinq fashionables s'élancent bruyamment à l'orchestre. Ils sont précédés de la visière de leurs casquettes, et suivis d'un petit chien noir.)

1841. Ah! voici du monde qui nous arrive! — Comment! ils portent des casquettes? ah ça, on va donc en casquettes aux premières places?

1840. Oui; c'est un genre que ces messieurs se donnent...

1841. Un mauvais genre, alors!

1840. Chut! n'en dites pas de mal; ils sont abonnés...

1841. Diable! c'est différent.

1840. Et de plus, ce sont des amis; de chauds amis qui approuvent tout, qui applaudissent tout... qui trouvent tout parfait, à commencer par eux et qui le prouvent *unguibus et rostro*... (*soupirant.*) Ah! c'est bien dommage qu'ils aient tant d'esprit...

1841. Allons donc!

1840. Et qu'ils parlent si haut dans les entr'actes! ils assourdissent leurs voisins, qui les trouvent assommants.

1841. Je suis de l'avis de leurs voisins... Mais ce petit chien noir qui fait frétiller sa queue dans les jambes de son maître, est-ce que c'est aussi un abonné?

1840. Non: mais il a *bon nez*, et de plus le flair très musical... c'est lui qui aboie les artistes que son maître veut mordre.

1841. Je ne vous comprends pas...

1840. C'est pourtant bien clair : — On chante quelquefois faux ici...

1841. Comme ailleurs...

1840. Oui ; mais plus souvent... de sorte que, lorsque le maître ne peut pas applaudir, et qu'il ne veut pas siffler, pourtant, il pince la queue de son chien, à quoi l'intelligent animal répond par un petit grognement, dont la remarquable justesse produit sur l'acteur en défaut l'effet d'un diapazon sympathique...

1841. Je vois que le roquet est un professeur de *bon ton*. Est-ce qu'il ne pourrait pas donner des leçons à son maître?

1840. Taisez-vous donc, ma chère! encore une fois!

1841. Mais la position n'est pas tenable!

1840. Oh! consolez-vous... *ce n'est qu'une léthargie, et vous avez un médecin habile...*

1841. Dieu le veuille! car je n'aurai pas comme vous la ressource de dire que *le pain et le vin sont trop chers...* — Mais je commence à croire que pour ne pas mourir de faim moi-même, il est tems d'offrir une autre nourriture aux amateurs dégoûtés de votre ratatouille dramatique... Si j'essayais de l'opéra?

1840, *faisant un saut périlleux qui l'enlève jusqu'aux cintres, et retombant sur son juste milieu*. De l'opéra, bon Dieu ! ah ! ma chère , si M. Quatre X vous entendait !

1841. M. Quatre X ? qu'est-ce que cela ?

1840. C'est un poëte, ma chère !

> « Les soirs d'été, ce cri vibre de son thorax
> « Breke, ke, ke. ke, kec, koax, koax, koax ! »

1841. Ce n'est guère harmonieux !

1840. C'est Jean-Baptiste Rousseau, un peu refait par M. Quatre X, qui a croassé dernièrement tout un poëme (1), dans lequel la musique, le goût et la langue sont cruellement écorchés, je vous jure !

1841. Ce monsieur nie donc l'harmonie ?

1840. Oui ; et il a bien des raisons pour cela !

1841. J'aurai les miennes à lui opposer…

1840. Ah ! ma sœur, vous ne savez pas ce qu'il est capable de vous dire que répondrez-vous à des arguments de la force de celui-ci, par exemple :

> « Quand tout progrès est mort ; quand naît le cataclysme,
> « La faute en est à ceux dont l'orgueil étouffant
> « Marque à tout jeune front le sceau du pétalisme,
> « Criant : silence encor ! vous n'êtes qu'un enfant ! »

1841. Je répondrai par un vers de Molière :

> « On voit briller en vous l'ithos et le pathos… »

Et si M. Quatre X continue d'écrire des poëmes, je ne les lirai pas… Mais je… (*Elle fait un geste expressif.*

1840. Ah ! ma cadette, vous dites là des choses bien saugrenues !

(1) Voir les Petites-Affiches du 9 décembre 1840.

1841. Eh! vous en avez laissé passer bien d'autres, ma vieille...

1840. C'est possible, après tout...

1841. Ma foi, je vais m'occuper de rédiger mon programme musical ; et si le bon goût orléanais me vient en aide, nous serons bientôt d'accord; j'offrirai à mes abonnés un spectacle...

1840. Qui sera *tout chant*?

1841. Du tout! — Voici comment je veux essayer de rendre mes *soirées amusantes* :

(On entend à la cantonnade le bruit d'une violente explosion. — C'est le fourneau de l'alchimiste qui vient de crever...L'année 1840 s'évanouit; le bourreau de *Fazio*, qui attendait dans la coulisse que *son heure fût venue,* s'élance sur les planches, en brandissant une hache peu aspirée. M. Quatre X cherche vainement sur lui un flacon de sel *attique ,* pour le faire respirer à la pauvre vieille; faute de mieux, il se décide à lui jeter au nez le parfum d'une bouffée de tabac de caporal, qui asphyxie complétement l'infortunée. — Le bourreau l'emporte aussitôt; l'orchestre joue *le chant du départ* sur la clef d'*ut!* le petit chien noir met la queue en *trompette* et mène le deuil; l'un des cinq amis le suit en tremblant sur *ses flûtes,* qui forment un *triangle;* l'autre se coiffe au hazard d'un *chapeau chinois,* qui lui tombe sous la main; le troisième mugit comme un *basson,* en *sourdine*; et le quatrième, qui vient de crever une *grosse caisse* dans un mouvement de désespoir, emprunte à M. Quatre X un de ses *cuirs* pour remplacer la susdite peau d'âne. — Ils sortent tous cinq, non compris la morte, le petit chien noir et le bourreau, qui reste chargé des détails de *l'exécution.* — Alors un gamin qui dormait au paradis, comme un bienheureux , se réveille en sursaut, m'envoie une pomme sur la tête, et s'écrie en voyant disparaître les fashionables : Ohé! les *cinq balles*! ohé! — Tout le monde rit, excepté le directeur. La toile tombe et la pièce ne se relève pas.)

CHANT TROISIÈME.

PROGRAMME MUSICAL.

Boum ! boum ! Dzing ! dzing !
(Harmonies du grand homme précédemment cité.)

1841 *s'avance sur la scène, fait les trois saluts d'usage,*
et prononce le discours suivant :

Mesdames et Messieurs, je viens dès mon début
Vous expliquer ici ma pensée et mon but.
De ma défunte sœur vous connaissez l'histoire :
Ainsi qu'elle vécut, elle est morte sans gloire ;
Et pour mieux l'envoyer dans le fond des enfers,
Au bord de son tombeau Quatre X a lu des vers.
Moi qui respecte trop les lois de l'ortographe
Pour subir à mon tour l'outrageuse épitaphe
Du barde chevelu, je veux que mes travaux
Vous sèment quelques fleurs sur des sentiers nouveaux,
Afin qu'au jour suprême où décembre succombe
Vous y puissiez cueillir des bouquets pour ma tombe.

Je ne viens pas, Messieurs, d'un programme menteur
Déroulerà vos yeux l'étalage flatteur.
Non ! pour vous réclamer d'avance une couronne,
Je ne suis point assez des bords de la Garonne.
Je ne promettrai rien que je ne tienne, mais
Je ne veux point tenir plus que je ne promets.

Vous avez vu le drame et ses fureurs tragiques
Se tourner dans nos murs en pavots léthargiques ;
En vain Madame Albert, par de fougueux efforts ,
A tiré de son sein tous les cris les plus forts ;
Envain elle voulut, essayant de sornettes,
Au drame échevelé mêler les chansonnettes ;
Inutiles appâts, fragiles hameçons !
On ne mordit à rien, tirade ni chansons !
Et jamais, en dépit des illustres casquettes ,
On ne vit se combler le vide des banquettes.
C'est que le drame est mort, et que l'on veut trop tard
Exhumer du cerceuil ce système bâtard,
C'est qu'on en a trop vu de ces sales orgies
Où les tables de sang et de vin sont rougies ;
De ces enfants du crime, à peine éclos au jour ,
Que leurs tendres parents leur ont fait voir *le tour :*
Amours incestueux, tendresses adultères,
Hideux assassinats, effroyables mystères,
Auxquels pour dénoûment l'auteur dans son cerveau
N'a rien trouvé de mieux que le fer du bourreau.
Arrière, enfants maudits de songe-creux obscènes,
On ne vous verra plus épouvanter nos scènes,
Et nous infiltrer, comme une horrible liqueur,
La fièvre dans le sang et l'effroi dans le cœur.
Non, je veux vous ouvrir des routes inconnues,
Faire tomber le baume et la manne des nues ,
Et, Moïse nouveau, du roc stérile et dur,
Faire jaillir pour vous la source au jet d'azur !

Oui, pour chasser l'ennui qui désolait vos veilles,
Je veux vous enivrer de toutes les merveilles
De ces maîtres divins dont le nom glorieux
A couvert de splendeur le monde harmonieux,
Et qui semblent puiser pour leurs concerts étranges
Des sons mélodieux dans les concerts des anges.
Halévy, Rossini, Boïeldieu, Meyerbeer,
Hérold, ce cygne mort, Adam, Thomas, Aubert,
Rempliront tour-à-tour de leurs notes savantes
Les sonores échos des voûtes frémissantes,
Et dans vos sens émus porteront à la fois
Le son des instruments et le timbre des voix.

Mais pour ne point lasser, par un plaisir unique,
Votre esprit constamment tourné vers la musique,
Je vous parsèmerai ces opéras divers
D'ouvrages neufs ou vieux, en prose comme en vers.
De temps en temps viendront le joyeux vaudeville,
Epanouir la rate aux rieurs de la ville,
Et puis la comédie, aux traits fins et mordants,
Sur les travers du jour tomber à belles dents;
Et le drame enfin, non ce drame faux et sombre,
Escorté de poignards et de poisons sans nombre,
Mais ce drame réel, à la fois triste et doux,
Qui nous dépeint les maux que nous éprouvons tous;
Mais ce drame vengeur de toutes les morales,
Qui sans avoir recours aux horreurs théâtrales,
A nos yeux attendris sait arracher des pleurs,

Et nous apitoyer sur nos propres douleurs.

Voilà pour vos plaisirs jusqu'où va ma tendresse!
Mais il faudra m'aider à remplir ma promesse;
Si je m'en vais au loin vous chercher des acteurs,
C'est vous qui me devrez fournir des spectateurs;
Et pour vous plaire à tous si mon ardeur avorte,
On vous rendra, Messieurs, votre argent à la porte!!!

CHANT QUATRIÈME.

« Bornons ici notre carriére,
   Les longs ouvrages me font peur;
   Loin d'épuiser une matiére
   On n'en doit prendre que la fleur... »
Extrait de ce bon M. Lafontaine.

J'aurais bien voulu vous dépeindre
L'immense effet de ce discours;
Mais ma lampe est près de s'éteindre,
Et je termine en vers plus courts.

Résumons-nous donc, et pour cause:
Chacun ici bas a son goût;
Chacun, c'est trop, car je suppose
Que Quatre X n'en a pas du tout.

Mais revenons; dans ce programme,
Pour nous séduire tout d'abord,
On nous promet musique et drame,
Eh bien! pour nous mettre d'accord,

Ne proscrivons rien: le génie
Est enfant de l'immensité;
Sa puissance, c'est l'harmonie;
Son secret, la diversité.

Donc, au lieu d'être difficile,
J'adopte un plus sage parti.
Messieurs, je deviens dramaphile,
Tâchez d'être dilletanti.

ÉPILOGUE.

Envoi à M. Quatre X.

Quant à toi, mon docte confrère,
Qui m'as provoqué sans façon,
Ma musette, pour te distraire,
Vient de moduler sa chanson.

La musique ne te plait guère ;
Et pourtant, mon pauvre garçon,
Lorsque comme toi l'on sait braire,
On devrait bien aimer le *son*.

Quatre X, à mes rimes mutines,
Accorde un généreux pardon :
Il faut la couronne d'épines
A qui se nourrit du chardon.

Imprimerie de Pollet et Cie, rue St-Denis, 380.

Imprimerie de Pollet, Soupe et Guillois,
Rue Saint-Denis 380, Passage Lemoine.